Маленький принц

Антуан де Сент-Экзюпери

ЭКСМО
Москва

УДК 82(1-87)
ББК 84(4Фра)
С 31

Antoine de Saint-Exupéry

LE PETIT PRINCE
Text and Illustrations © Editions Gallimard 1946

Перевод с французского *Норы Галь*

Оформление *Бориса Волкова*

Сент-Экзюпери А. де

С 31   Маленький принц / Антуан де Сент-Экзюпери ; [пер. с фр.
Н. Галь]. — М. : Эксмо, 2013. — 160 с. : ил.

ISBN 978-5-699-50605-7

Самое знаменитое произведение Антуана де Сент-Экзюпери с авторскими
рисунками. Мудрая и «человечная» сказка-притча, в которой просто и про-
никновенно говорится о самом важном: о дружбе и любви, о долге и верности,
о красоте и нетерпимости к злу.

«Все мы родом из детства», — напоминает великий француз и знакомит нас
с самым загадочным и трогательным героем мировой литературы.

УДК 82(1-87)
ББК 84(4Фра)

ISBN 978-5-699-50605-7

Леону Верту

Прошу детей простить меня за то, что я посвятил эту книжку взрослому. Скажу в оправдание: этот взрослый — мой самый лучший друг. И еще: он понимает все на свете, даже детские книжки. И, наконец, он живет во Франции, а там сейчас голодно и холодно. И он очень нуждается в утешении. Если же все это меня не оправдывает, я посвящу книжку тому мальчику, каким был когда-то мой взрослый друг. Ведь все взрослые сначала были детьми, только мало кто из них об этом помнит.

Итак, я исправляю посвящение:

Леону Верту,
когда он был маленьким

I

Когда мне было шесть лет, в книге под названием «Правдивые истории», где рассказывалось про девственные леса, я увидел однажды удивительную картинку. На картинке огромная змея — удав — глотала хищного зверя. Вот как это было нарисовано:

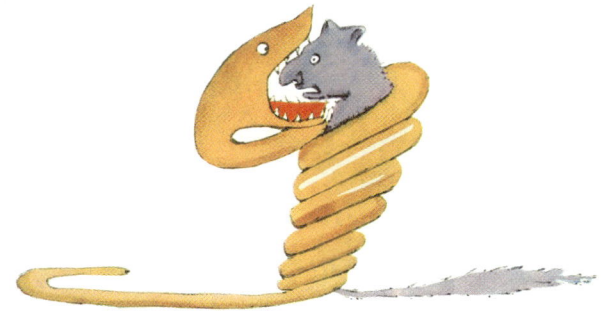

В книге говорилось: «Удав заглатывает свою жертву целиком, не жуя. После этого он уже не может шевельнуться и спит полгода подряд, пока не переварит пищу».

Я много раздумывал о полной приключений жизни джунглей и тоже нарисовал цветным карандашом свою первую картинку. Это был мой рисунок № 1.

Вот что я нарисовал:

Я показал мое творение взрослым и спросил, не страшно ли им.

— Разве шляпа страшная? — возразили мне. А это была совсем не шляпа. Это был удав, который проглотил слона. Тогда я нарисовал удава изнутри, чтобы взрослым было понятнее. Им ведь всегда нужно все объяснять. Вот мой рисунок № 2:

Взрослые посоветовали мне не рисовать змей ни снаружи, ни изнутри, а побольше интересоваться географией, историей, арифметикой и правописанием. Вот как случилось, что шести лет я отказался от блестящей карьеры художника. Потерпев неудачу с рисунками № 1 и № 2, я утратил веру в себя. Взрослые никогда ничего не понимают сами, а для детей очень утомительно без конца им все объяснять и растолковывать.

Итак, мне пришлось выбирать другую профессию, и я выучился на летчика. Облетел я чуть ли не весь свет. И география, по правде сказать, мне очень пригодилась. Я умел с первого взгляда отличить Китай от Аризоны. Это очень полезно, если ночью собьешься с пути.

На своем веку я много встречал разных серьезных людей. Я долго жил среди взрослых.

Я видел их совсем близко. И от этого, признаться, не стал думать о них лучше.

Когда я встречал взрослого, который казался мне разумней и понятливей других, я показывал ему свой рисунок № 1 — я его сохранил и всегда носил с собою. Я хотел знать, вправду ли этот человек что-то понимает. Но все они отвечали мне: «Это шляпа». И я уже не говорил с ними ни об удавах, ни о джунглях, ни о звездах. Я применялся к их понятиям. Я говорил с ними об игре в бридж и гольф, о политике и о галстуках. И взрослые были очень довольны, что познакомились с таким здравомыслящим человеком.

II

Так я жил в одиночестве, и не с кем было мне поговорить по душам. И вот шесть лет назад пришлось мне сделать вынужденную посадку в Сахаре. Что-то сломалось в моторе моего самолета. Со мной не было ни механика, ни пассажиров, и я решил, что попробую сам все починить, хоть это и очень трудно. Я должен был исправить мотор или погибнуть. Воды у меня едва хватило бы на неделю.

Итак, в первый вечер я уснул на песке в пустыне, где на тысячи миль вокруг не было никакого жилья. Человек, потерпевший кораблекрушение и затерянный на плоту посреди океана, и тот был бы не так одинок. Вообразите же мое удивление, когда на рассвете меня разбудил чей-то тоненький голосок. Он сказал:

— Пожалуйста... нарисуй мне барашка!

— А?..

— Нарисуй мне барашка...

Я вскочил, точно надо мною грянул гром. Протер глаза. Начал осматриваться. И вижу — стоит необыкновенный какой-то малыш и серьезно меня разглядывает. Вот самый лучший его портрет, какой мне после удалось нарисовать. Но на моем рисунке он, конечно, далеко не так хорош, как был на самом деле. Это не моя вина. Когда мне было шесть лет, взрослые внушили мне, что художника из меня не выйдет, и я ничего не научился рисовать, кроме удавов — снаружи и изнутри.

Итак, я во все глаза смотрел на это необычайное явление. Не забудьте, я находился за тысячи миль от человеческого жилья. А между тем ничуть не похоже было, чтобы этот малыш заблудился, или до смерти устал и напуган, или умирает от голода и жажды. По его виду никак нельзя было сказать, что это ребенок, потерявшийся в необитаемой пустыне, вдалеке от вся-

Вот самый лучший его портрет,
какой мне после удалось нарисовать.

кого жилья. Наконец ко мне вернулся дар речи, и я спросил:

— Но... что ты здесь делаешь?

И он опять попросил тихо и очень серьезно:

— Пожалуйста... нарисуй барашка...

Все это было так таинственно и непостижимо, что я не посмел отказаться.

Хоть и нелепо это было здесь, в пустыне, на волосок от смерти, я все-таки достал из кармана лист бумаги и вечное перо. Но тут же вспомнил, что учился-то я больше географии, истории, арифметике и правописанию, — и сказал малышу (немножко даже сердито сказал), что не умею рисовать. Он ответил:

— Все равно. Нарисуй барашка.

Так как я никогда в жизни не рисовал баранов, я повторил для него одну из двух старых картинок, которые я только и умею рисовать, — удава снаружи. И очень изумился, когда малыш воскликнул:

— Нет, нет! Мне не надо слона в удаве! Удав слишком опасный, а слон слишком большой.

У меня дома все очень маленькое. Мне нужен барашек. Нарисуй барашка.

И я нарисовал.

Он внимательно посмотрел на мой рисунок и сказал:

— Нет, этот барашек совсем хилый. Нарисуй другого.

Я нарисовал.

Мой новый друг мягко, снисходительно улыбнулся.

— Ты же сам видишь, — сказал он, — это не барашек. Это большой баран. У него рога...

Я опять нарисовал по-другому.

Но он и от этого рисунка отказался.

— Этот слишком старый. Мне нужен такой барашек, чтобы жил долго.

Тут я потерял терпение — ведь надо было поскорее разобрать мотор — и нацарапал вот что:

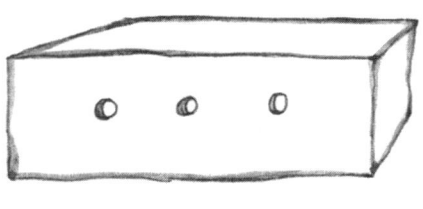

И сказал малышу:

— Вот тебе ящик. А в нем сидит твой барашек.

Но как же я удивился, когда мой строгий судья вдруг просиял:

— Вот такого мне и надо! Как ты думаешь, много он ест травы?

— А что?

— Ведь у меня дома всего очень мало...

— Ему хватит. Я тебе даю совсем маленького барашка.

— Не такого уж маленького... — сказал он, наклонив голову и разглядывая рисунок. — Смотри-ка! Мой барашек уснул...

Так я познакомился с Маленьким принцем.

III

Не скоро я понял, откуда он явился. Маленький принц засыпал меня вопросами, но, когда я спрашивал о чем-нибудь, он будто и не слышал. Лишь понемногу, из случайных, мимоходом оброненных слов мне все открылось. Так, когда он впервые увидел мой самолет (самолет я рисовать не стану, мне все равно не справиться), он спросил:

— Что это за штука?

— Это не штука. Это самолет. Мой самолет. Он летает.

И я с гордостью объяснил, что умею летать. Тогда малыш воскликнул:

— Как! Ты упал с неба?

— Да, — скромно ответил я.

Так, когда он впервые увидел мой самолет (самолет
я рисовать не стану, мне все равно не справиться).

— Вот забавно!.. — И Маленький принц звонко засмеялся, так что меня взяла досада: я люблю, чтобы к моим злоключениям относились серьезно. Потом он прибавил:

— Значит, ты тоже явился с неба. А с какой планеты?

«Так вот разгадка его таинственного появления здесь, в пустыне!» — подумал я и спросил напрямик:

— Стало быть, ты попал сюда с другой планеты?

Но он не ответил. Он тихо покачал головой, разглядывая самолет:

— Ну, на этом ты не мог прилететь издалека... — И надолго задумался о чем-то. Потом вынул из кармана барашка и погрузился в созерцание этого сокровища. Можете себе представить, как разгорелось мое любопытство от странного полупризнания о «других планетах». И я попытался разузнать побольше:

— Откуда же ты прилетел, малыш? Где твой дом? Куда ты хочешь унести барашка?

Он помолчал в раздумье, потом сказал:

И Маленький принц прибавил не без грусти:
— Если идти все прямо да прямо,
далеко не уйдешь...

— Очень хорошо, что ты дал мне ящик: барашек будет там спать по ночам.

— Ну конечно. И если ты будешь умницей, я дам тебе веревку, чтобы днем его привязывать. И колышек.

Маленький принц нахмурился:

— Привязывать? Для чего это?

— Но ведь если его не привязать, он забредет неведомо куда и потеряется.

Тут мой друг опять весело рассмеялся:

— Да куда же он пойдет?

— Мало ли куда? Все прямо, прямо, куда глаза глядят.

Тогда Маленький принц сказал серьезно:

— Это ничего, ведь у меня там очень мало места. — И прибавил не без грусти: — Если идти все прямо да прямо, далеко не уйдешь...

IV

Так я сделал еще одно важное открытие: его родная планета вся-то величиной с дом!

Впрочем, это меня не слишком удивило. Я знал, что, кроме таких больших планет, как Земля, Юпитер, Марс, Венера, существуют еще сотни других, которым даже имен не дали, и среди них такие маленькие, что их и в телескоп трудно разглядеть. Когда астроном открывает такую планетку, он дает ей не имя, а просто номер. Например, астероид 3251.

У меня есть серьезные основания полагать, что Маленький принц прилетел с планетки, которая называется «астероид Б-612». Этот астероид был замечен в телескоп лишь один раз, в 1909 году, одним турецким астрономом.

Астроном доложил тогда о своем замечательном открытии на Международном астрономическом конгрессе. Но никто ему не поверил, а все потому, что он был одет по-турецки. Уж такой народ эти взрослые!

К счастью для репутации астероида Б-612, правитель Турции велел своим подданным под страхом смерти носить европейское платье. В 1920 году тот астроном снова доложил о своем открытии. На этот раз он был одет по последней моде — и все с ним согласились.

Я вам рассказал так подробно об астероиде Б-612 и даже сообщил его номер только из-за взрослых. Взрослые очень любят цифры. Когда рассказываешь им, что у тебя появился новый друг, они никогда не спросят о самом главном. Никогда они не скажут: «А какой у него голос? В какие игры он любит играть? Ловит ли он бабочек?» Они спрашивают: «Сколько ему лет? Сколько у него братьев? Сколько он весит? Сколько зарабатывает его отец?» И после этого воображают, что узнали человека. Когда говоришь взрослым: «Я видел красивый дом из

Этот астероид был замечен в телескоп лишь один раз, в 1909 году, одним турецким астрономом.

розового кирпича, в окнах у него герань, а на крыше голуби», — они никак не могут представить себе этот дом. Им надо сказать: «Я видел дом за сто тысяч франков», — и тогда они восклицают: «Какая красота!»

Точно так же, если им сказать: «Вот доказательства, что Маленький принц на самом деле существовал — он был очень, очень славный, он смеялся, и ему хотелось иметь барашка. А кто хочет барашка, тот, уж конечно, существует», — если сказать так, они только пожмут плечами и посмотрят на тебя как на несмышленого младенца. Но если сказать им: «Он прилетел с планеты, которая называется астероид Б-612», — это их убедит, и они не станут докучать вам расспросами. Уж такой народ эти взрослые. Не стоит на них сердиться. Дети должны быть очень снисходительны к взрослым.

Но мы, те, кто понимает, что такое жизнь, — мы, конечно, смеемся над номерами и цифрами! Я охотно начал бы эту повесть, как волшебную сказку. Я хотел бы начать так:

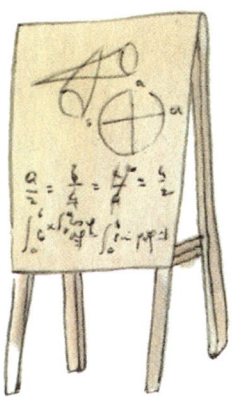

Астроном доложил тогда о своем замечательном открытии... Но никто ему не поверил, а все потому, что он был одет по-турецки.

«Жил да был Маленький принц. Он жил на планете, которая была чуть побольше его самого, и ему очень не хватало друга...» Те, кто понимает, что такое жизнь, сразу увидели бы, что это гораздо больше похоже на правду.

Ибо я совсем не хочу, чтобы мою книжку читали просто ради забавы. Сердце мое больно сжимается, когда я вспоминаю моего маленького друга, и нелегко мне о нем говорить. Вот уже шесть лет, как мой друг вместе с барашком меня покинул. И я пытаюсь рассказать о нем для того, чтобы его не забыть. Это очень печально, когда забывают друзей. Не у всякого был друг. И я боюсь стать таким, как взрослые, которым ничто не интересно, кроме цифр. Еще и потому я купил ящик с красками и цветные карандаши. Не так это просто — в моем возрасте вновь приниматься за рисование, если за всю свою жизнь только и нарисовал, что удава снаружи и изнутри, да и то в шесть лет! Конечно, я стараюсь передать сходство как можно лучше. Но я совсем не уверен, что у меня это получится. Один портрет выходит удачно,

 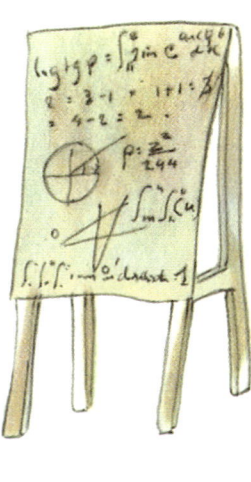

В 1920 году тот астроном снова доложил о своем открытии. На этот раз он был одет по последней моде — и все с ним согласились.

а другой ни капли не похож. Вот и с ростом то же: на одном рисунке принц у меня чересчур большой, на другом — чересчур маленький. И я плохо помню, какого цвета была его одежда. Я пробую рисовать и так и эдак, наугад, с грехом пополам. Наконец, я могу ошибиться и в каких-то важных подробностях. Но вы уж не взыщите. Мой друг никогда мне ничего не объяснял. Может быть, он думал, что я такой же, как он. Но я, к сожалению, не умею увидеть барашка сквозь стенки ящика. Может быть, я немного похож на взрослых. Наверно, я старею.

V

Каждый день я узнавал что-нибудь новое о его планете, о том, как он ее покинул и как странствовал. Он рассказывал об этом понемножку, когда приходилось к слову. Так, на третий день я узнал о трагедии с баобабами.

Это тоже вышло из-за барашка. Казалось, Маленьким принцем вдруг овладели тяжкие сомнения, и он спросил:

— Скажи, ведь правда барашки едят кусты?

— Да, правда.

— Вот хорошо!

Я не понял, почему это так важно, что барашки едят кусты. Но Маленький принц прибавил:

— Значит, они и баобабы тоже едят?

Я возразил, что баобабы — не кусты, а огромные деревья, вышиной с колокольню, и если даже он приведет целое стадо слонов, им не съесть и одного баобаба. Услыхав про слонов, Маленький принц засмеялся:

— Их пришлось бы поставить друг на друга...

А потом сказал рассудительно:

— Баобабы сперва, пока не вырастут, бывают совсем маленькие.

— Это верно. Но зачем твоему барашку есть маленькие баобабы?

— А как же! — воскликнул он, словно речь шла о самых простых, азбучных истинах.

И пришлось мне поломать голову, пока я додумался, в чем тут дело.

На планете Маленького принца, как на любой другой планете, растут травы полезные и вредные. А значит, есть там хорошие семена хороших, полезных трав и вредные семена дурной, сорной травы. Но ведь семена невидимы. Они спят глубоко под землей, пока одно из них не вздумает проснуться. Тогда оно пуска-

Услыхав про слонов, Маленький принц засмеялся:
— Их пришлось бы поставить друг на друга...

ет росток; он расправляется и тянется к солнцу, сперва такой милый, безобидный. Если это будущий редис или розовый куст, пусть его растет на здоровье. Но если это какая-нибудь дурная трава, надо вырвать ее с корнем, как только ее узнаешь. И вот на планете Маленького принца есть ужасные, зловредные семена... Это семена баобабов. Почва планеты вся заражена ими. А если баобаб не распознать вовремя, потом от него уже не избавишься. Он завладеет всей планетой. Он пронижет ее насквозь своими корнями. И если планета очень маленькая, а баобабов много, они разорвут ее на клочки.

— Есть такое твердое правило, — сказал мне после Маленький принц. — Встал поутру, умылся, привел себя в порядок — и сразу же приведи в порядок свою планету. Непременно надо каждый день выпалывать баобабы, как только их уже можно отличить от розовых кустов: молодые ростки у них почти одинаковые. Это очень скучная работа, но совсем не трудная.

— Встал поутру, умылся, привел себя в порядок —
и сразу же приведи в порядок свою планету.

Однажды он посоветовал мне постараться и нарисовать такую картинку, чтобы и у нас дети это хорошо поняли.

— Если им когда-нибудь придется путешествовать, — сказал он, — это им пригодится. Иная работа может и подождать немного — вреда не будет. Но если дашь волю баобабам, беды не миновать. Я знал одну планету, на ней жил лентяй. Он не выполол вовремя три кустика...

Маленький принц подробно мне все описал, и я нарисовал эту планету. Терпеть не могу читать людям нравоучения. Но мало кто знает, чем грозят баобабы, а опасность, которой подвергается всякий, кто попадет на астероид, очень велика; вот почему на сей раз я решаюсь изменить своей обычной сдержанности. «Дети! — говорю я. — Берегитесь баобабов!» Я хочу предупредить моих друзей об опасности, которая давно уже их подстерегает, а они даже не подозревают о ней, как не подозревал прежде и я. Вот почему я так трудился над этим рисунком, и мне не жаль потраченного труда. Быть может, вы спро-

И если планета очень маленькая,
а баобабов много, они разорвут ее на клочки.

сите: отчего в моей книжке нет больше таких внушительных рисунков, как этот, с баобабами? Ответ очень прост: я старался, но у меня ничего не вышло. А когда я рисовал баобабы, меня вдохновляло сознание, что это страшно важно и неотложно.

VI

О Маленький принц! Понемногу я понял также, как печальна и однообразна была твоя жизнь. Долгое время у тебя было лишь одно развлечение — ты любовался закатом. Я узнал об этом наутро четвертого дня, когда ты сказал:

— Я очень люблю закат. Пойдем посмотрим, как заходит солнце.

— Ну, придется подождать.

— Чего ждать?

— Чтобы солнце зашло.

Сначала ты очень удивился, а потом засмеялся над собою и сказал:

— Мне все кажется, что я у себя дома!

И в самом деле. Все знают, что, когда в Америке полдень, во Франции солнце уже заходит.

— Я очень люблю закат. Пойдем посмотрим, как заходит солнце.

И если бы за одну минуту перенестись во Францию, можно было бы полюбоваться закатом. К несчастью, до Франции очень, очень далеко. А на твоей планетке тебе довольно было передвинуть стул на несколько шагов. И ты опять и опять смотрел на закатное небо, стоило только захотеть...

— Однажды я за один день видел заход солнца сорок три раза!

И немного погодя ты прибавил:

— Знаешь... когда очень грустно, хорошо поглядеть, как заходит солнце...

— Значит, в тот день, когда ты видел сорок три заката, тебе было очень грустно?

Но Маленький принц не ответил.

VII

На пятый день, опять-таки благодаря барашку, я узнал секрет Маленького принца. Он спросил неожиданно, без предисловий, точно пришел к этому выводу после долгих молчаливых раздумий:

— Если барашек ест кусты, он и цветы ест?

— Он ест все, что попадется.

— Даже такие цветы, у которых шипы?

— Да, и те, у которых шипы.

— Тогда зачем шипы?

Этого я не знал. Я был очень занят: в моторе заело один болт, и я старался его отвернуть. Мне было не по себе, положение становилось серьезным, воды почти не осталось, и я начал бояться, что моя вынужденная посадка плохо кончится.

— Зачем нужны шипы?

Задав какой-нибудь вопрос, Маленький принц уже не отступался, пока не получал ответа. Неподатливый болт выводил меня из терпения, и я ответил наобум:

— Шипы ни за чем не нужны, цветы выпускают их просто от злости.

— Вот как!

Наступило молчание. Потом он сказал почти сердито:

— Не верю я тебе! Цветы слабые. И простодушные. И они стараются придать себе храбрости. Они думают: если у них шипы, их все боятся...

Я не ответил. В ту минуту я говорил себе: «Если этот болт и сейчас не поддастся, я так стукну по нему молотком, что он разлетится вдребезги». Маленький принц снова перебил мои мысли:

— А ты думаешь, что цветы...

— Да нет же! Ничего я не думаю! Я ответил тебе первое, что пришло в голову. Ты видишь, я занят серьезным делом.

Он посмотрел на меня в изумлении.

— Серьезным делом?!

Он все смотрел на меня: перепачканный смазочным маслом, с молотком в руках, я наклонился над непонятным предметом, который казался ему таким уродливым.

— Ты говоришь, как взрослые! — сказал он. Мне стало совестно. А он беспощадно прибавил: — Все ты путаешь... ничего не понимаешь!

Да, он не на шутку рассердился. Он тряхнул головой, и ветер растрепал его золотые волосы.

— Я знаю одну планету, там живет такой господин с багровым лицом. Он за всю свою жизнь ни разу не понюхал цветка. Ни разу не поглядел на звезду. Он никогда никого не любил. И никогда ничего не делал. Он занят только одним: складывает цифры. И с утра до ночи твердит одно: «Я человек серьезный! Я человек серьезный!» — совсем как ты. И прямо раздувается от гордости. А на самом деле он не человек. Он гриб.

— Что?

— ...я знаю единственный в мире цветок,
он растет только на моей планете, и другого такого
больше нигде нет...

— Гриб!

Маленький принц даже побледнел от гнева.

— Миллионы лет у цветов растут шипы. И миллионы лет барашки все-таки едят цветы. Так неужели же это не серьезное дело — понять, почему они изо всех сил стараются отрастить шипы, если от шипов нет никакого толку? Неужели это не важно, что барашки и цветы воюют друг с другом? Да разве это не серьезнее и не важнее, чем арифметика толстого господина с багровым лицом? А если я знаю единственный в мире цветок, он растет только на моей планете, и другого такого больше нигде нет, а маленький барашек в одно прекрасное утро вдруг возьмет и съест его и даже не будет знать, что он натворил? И это все, по-твоему, не важно?

Он густо покраснел. Потом снова заговорил:

— Если любишь цветок — единственный, какого больше нет ни на одной из многих миллионов звезд, — этого довольно: смотришь на небо — и ты счастлив. И говоришь себе: «Где-то там живет мой цветок...» Но если барашек его съест, это все равно как если бы все звезды разом погасли! И это, по-твоему, не важно!

Он больше не мог говорить. Он вдруг разрыдался. Стемнело. Я бросил работу. Я и думать забыл про злополучный болт и молоток, про жажду и смерть. На звезде, на планете — на моей планете по имени Земля, — плакал Маленький принц, и надо было его утешить. Я взял его на руки и стал баюкать. Я говорил ему: «Цветку, который ты любишь, ничто не грозит... Я нарисую твоему барашку намордник... Нарисую для твоего цветка броню... Я...» Я не знал, что еще ему сказать. Я чувствовал себя ужасно неловким и неуклюжим. Как позвать, чтобы он услышал, как догнать его душу, ускользающую от меня... Ведь она такая таинственная и неизведанная, эта страна слез...

VIII

Очень скоро я лучше узнал этот цветок. На планете Маленького принца всегда росли простые, скромные цветы — у них было мало лепестков, они занимали совсем мало места и никого не беспокоили. Они раскрывались поутру в траве и под вечер увядали. А этот пророс однажды из зерна, занесенного неведомо откуда, и Маленький принц не сводил глаз с крохотного ростка, не похожего на все остальные ростки и былинки. Вдруг это какая-нибудь новая разновидность баобаба? Но кустик быстро перестал тянуться ввысь, и на нем появился бутон. Маленький принц никогда еще не видал таких огромных бутонов и предчувствовал, что увидит чудо. А неведомая гостья, скрытая в стенах сво-

Маленький принц никогда еще не видал таких огромных бутонов и предчувствовал, что увидит чудо.

ей зеленой комнатки, все готовилась, все прихорашивалась. Она заботливо подбирала краски. Она наряжалась неторопливо, один за другим примеряя лепестки. Она не желала явиться на свет встрепанная, точно какой-нибудь мак. Она хотела показаться во всем блеске своей красоты. Да, это была ужасная кокетка! Таинственные приготовления длились день за днем. И вот однажды утром, едва взошло солнце, лепестки раскрылись.

И красавица, которая столько трудов положила, готовясь к этой минуте, сказала, позевывая:

— Ах, я насилу проснулась... Прошу извинить... Я еще совсем растрепанная...

Маленький принц не мог сдержать восторга:

— Как вы прекрасны!

— Да, правда? — был тихий ответ. — И заметьте, я родилась вместе с солнцем.

Маленький принц, конечно, догадался, что удивительная гостья не страдает избытком скромности, зато она была так прекрасна, что дух захватывало! А она вскоре заметила:

Маленький принц очень смутился, разыскал лейку
и полил цветок ключевой водой.

— Кажется, пора завтракать. Будьте так добры, позаботьтесь обо мне...

Маленький принц очень смутился, разыскал лейку и полил цветок ключевой водой.

Скоро оказалось, что красавица горда и обидчива, и Маленький принц совсем с ней измучился. У нее было четыре шипа, и однажды она сказала ему:

— Пусть приходят тигры, не боюсь я их когтей!

— На моей планете тигры не водятся, — возразил Маленький принц. — И потом, тигры не едят траву.

— Я не трава, — тихо заметил цветок.

— Когда настанет вечер, накройте меня колпаком.
У вас тут слишком холодно.

— Простите меня...

— Нет, тигры мне не страшны, но я ужасно боюсь сквозняков. У вас нет ширмы?

«Растение, а боится сквозняков... очень странно... — подумал Маленький принц. — Какой трудный характер у этого цветка».

— Когда настанет вечер, накройте меня колпаком. У вас тут слишком холодно. Очень неуютная планета. Там, откуда я прибыла...

Она не договорила. Ведь ее занесло сюда, когда она была еще зернышком. Она ничего не могла знать о других мирах. Глупо лгать, когда тебя так легко уличить! Красавица смутилась, потом кашлянула раз-другой, чтобы Маленький принц почувствовал, как он перед нею виноват:

— Где же ширма?

— Я хотел пойти за ней, но не мог же я вас не дослушать!

Тогда она закашляла сильнее: пускай его все-таки помучит совесть!

Хотя Маленький принц и полюбил прекрасный цветок и рад был ему служить, но вскоре в

— Где же ширма?
— Я хотел пойти за ней, но не мог же я вас
не дослушать!

душе его пробудились сомнения. Пустые слова он принимал близко к сердцу и стал чувствовать себя очень несчастным.

— Напрасно я ее слушал, — доверчиво сказал он мне однажды. — Никогда не надо слушать, что говорят цветы. Надо просто смотреть на них и дышать их ароматом. Мой цветок напоил благоуханием всю мою планету, а я не умел ему радоваться. Эти разговоры о когтях и тиграх... Они должны бы меня растрогать, а я разозлился...

И еще он признался:

— Ничего я тогда не понимал! Надо было судить не по словам, а по делам. Она дарила мне свой аромат, озаряла мою жизнь. Я не должен был бежать. За этими жалкими хитростями и уловками надо было угадать нежность. Цветы так непоследовательны! Но я был слишком молод, я еще не умел любить.

IX

Как я понял, он решил странствовать с перелетными птицами. В последнее утро он старательней обычного прибрал свою планету. Он заботливо прочистил действующие вулканы. У него было два действующих вулкана. На них очень удобно по утрам разогревать завтрак. Кроме того, у него был еще один потухший вулкан. Но, сказал он, мало ли что может случиться! Поэтому он прочистил и потухший вулкан тоже. Когда вулканы аккуратно чистишь, они горят ровно и тихо, без всяких извержений. Извержение вулкана — это все равно что пожар в печной трубе, когда там загорится сажа. Конечно, мы, люди на Земле, слишком малы и не можем прочищать наши вулканы. Вот почему они доставляют нам столько неприятностей. Потом Маленький принц не без грусти вырвал последние ростки баобабов. Он думал, что никогда не вернется. Но в то утро привычная работа доставляла ему необыкновенное удовольствие. А когда он в последний раз полил чудесный цветок и собрался накрыть колпаком, ему даже захотелось плакать.

— Прощайте, — сказал он. Красавица не ответила.

— Прощайте, — повторил Маленький принц. Она кашлянула. Но не от простуды.

— Я была глупая, — сказала она наконец. — Прости меня. И постарайся быть счастливым.

И ни слова упрека. Маленький принц очень удивился. Он застыл, растерянный, со стеклянным колпаком в руках. Откуда эта тихая нежность?

— Да, да, я люблю тебя, — услышал он. — Моя вина, что ты этого не знал. Да это и не важно. Но ты был такой же глупый, как я. Постарайся быть счастливым... Оставь колпак, он мне больше не нужен.

Он думал, что никогда не вернется.
Но в то утро привычная работа
доставляла ему необыкновенное удовольствие.

— Но ветер...

— Не так уж я простужена... Ночная свежесть пойдет мне на пользу. Ведь я — цветок.

— Но звери, насекомые...

— Должна же я стерпеть двух-трех гусениц, если хочу познакомиться с бабочками. Они, наверно, прелестны. А то кто же станет меня навещать? Ты ведь будешь далеко. А больших зверей я не боюсь. У меня тоже есть когти. — И она в простоте душевной показала свои четыре шипа. Потом прибавила: — Да не тяни же, это невыносимо! Решил уйти — так уходи.

Она не хотела, чтобы Маленький принц видел, как она плачет. Это был очень гордый цветок...

X

Ближе всего к планете Маленького принца были астероиды 325, 326, 327, 328, 329 и 330. Вот он и решил для начала посетить их: надо же найти себе занятие да и поучиться чему-нибудь.

На первом астероиде жил король. Облаченный в пурпур и горностай, он восседал на троне, очень простом и все же величественном.

— А, вот и подданный! — воскликнул король, увидав Маленького принца.

«Как же он меня узнал? — подумал Маленький принц. — Ведь он видит меня в первый раз!»

Он не знал, что короли смотрят на мир очень упрощенно: для них все люди — подданные.

— Подойди, я хочу тебя рассмотреть, — сказал король, ужасно гордый тем, что он может быть для кого-то королем.

Маленький принц оглянулся — нельзя ли где-нибудь сесть, но великолепная горностаевая мантия покрывала всю планету. Пришлось стоять, а он так устал... И вдруг он зевнул.

— Этикет не разрешает зевать в присутствии монарха, — сказал король. — Я запрещаю тебе зевать.

— Я нечаянно, — ответил Маленький принц, очень смущенный. — Я долго был в пути и совсем не спал...

— Ну, тогда я повелеваю тебе зевать, — сказал король. — Многие годы я не видел, чтобы кто-нибудь зевал. Мне это даже любопытно. Итак, зевай! Таков мой приказ.

— Но я робею... я больше не могу... — вымолвил Маленький принц и густо покраснел.

— Гм, гм... Тогда... тогда я повелеваю тебе то зевать, то... Король запутался и, кажется, даже немного рассердился. Ведь для короля самое важное — чтобы ему повиновались беспрекословно. Непокорства он бы не потерпел. Это был

Он не знал, что короли смотрят на мир очень упрощенно: для них все люди — подданные.

абсолютный монарх. Но он был очень добр, а потому отдавал только разумные приказания.

«Если я повелю своему генералу обернуться морской чайкой, — говаривал он, — и если генерал не выполнит приказа, это будет не его вина, а моя».

— Можно мне сесть? — робко спросил Маленький принц.

— Повелеваю: сядь! — отвечал король и величественно подобрал одну полу своей горностаевой мантии.

Но Маленький принц недоумевал. Планетка такая крохотная. Где же тут царствовать?

— Ваше величество, — начал он, — позвольте вас спросить...

— Повелеваю: спрашивай! — поспешно сказал король.

— Ваше величество... Где же ваше королевство?

— Везде, — просто ответил король.

— Везде?

Король повел рукою, скромно указывая на свою планету, а также и на другие планеты, и на звезды.

— И все это ваше? — переспросил Маленький принц.

— Да, — отвечал король.

Ибо он был поистине полновластный монарх и не знал никаких пределов и ограничений.

— И звезды вам повинуются? — спросил Маленький принц.

— Ну конечно, — отвечал король. — Звезды повинуются мгновенно. Я не терплю непослушания.

Маленький принц был восхищен. Вот бы ему такое могущество! Он бы тогда любовался закатом не сорок четыре раза в день, а семьдесят два, а то и сто, и двести раз, и при этом даже не приходилось бы передвигать стул с места на место! Тут он снова загрустил, вспоминая свою покинутую планету, и, набравшись храбрости, попросил короля:

— Мне хочется поглядеть на заход солнца... Пожалуйста, сделайте милость, повелите солнцу закатиться...

— Если я прикажу какому-нибудь генералу порхать бабочкой с цветка на цветок, или сочинить трагедию, или обернуться морской чайкой и генерал не выполнит приказа, кто будет в этом виноват — он или я?

— Вы, ваше величество, — ни минуты не колеблясь, ответил Маленький принц.

— Совершенно верно, — подтвердил король. — С каждого надо спрашивать то, что он может дать. Власть, прежде всего, должна быть разумной. Если ты повелишь своему народу броситься в море, он устроит революцию. Я имею право требовать послушания, потому что веления мои разумны.

— А как же заход солнца? — напомнил Маленький принц: раз о чем-нибудь спросив, он уже не отступался, пока не получал ответа.

— Будет тебе и заход солнца. Я потребую, чтобы солнце зашло. Но сперва дождусь благоприятных условий, ибо в этом и состоит мудрость правителя.

— А когда условия будут благоприятные? — осведомился Маленький принц.

— Гм, гм, — ответил король, листая толстый календарь. — Это будет... гм, гм... сегодня это будет в семь часов сорок минут вечера. И тогда ты увидишь, как точно исполнится мое повеление.

Маленький принц зевнул. Жаль, что тут не поглядишь на заход солнца, когда хочется! И, по правде говоря, ему уже стало скучновато.

— Мне пора, — сказал он королю. — Больше мне здесь нечего делать.

— Останься! — сказал король: он был очень горд тем, что у него нашелся подданный, и не хотел с ним расставаться. — Останься, я назначу тебя министром.

— Министром чего?

— Ну... правосудия.

— Но ведь здесь некого судить!

— Как знать, — возразил король. — Я еще не осмотрел всего моего королевства. Я очень стар, для кареты у меня нет места, а ходить пешком так утомительно...

Маленький принц наклонился и еще раз заглянул на другую сторону планеты.

— Но я уже посмотрел! — воскликнул он. — Там тоже никого нет.

— Тогда суди сам себя, — сказал король. — Это самое трудное. Себя судить куда труднее, чем других. Если ты сумеешь правильно судить себя, значит, ты поистине мудр.

— Сам себя я могу судить где угодно, — сказал Маленький принц. — Для этого мне незачем оставаться у вас.

— Гм, гм... — сказал король. — Мне кажется, где-то на моей планете живет старая крыса. Я слышу, как она скребется по ночам. Ты мог бы судить эту старую крысу. Время от времени приговаривай ее к смертной казни. От тебя будет зависеть ее жизнь. Но потом каждый раз надо будет ее помиловать. Надо беречь старую крысу: она ведь у нас одна.

— Не люблю я выносить смертные приговоры, — сказал Маленький принц. — И вообще мне пора.

— Нет, не пора, — возразил король.

Маленький принц уже совсем собрался в дорогу, но ему не хотелось огорчать старого монарха.

— Если вашему величеству угодно, чтобы ваши повеления беспрекословно исполнялись, — сказал он, — вы могли бы отдать мне благоразумное приказание. Например, повелите мне пуститься в путь, не мешкая ни минуты... Мне кажется, условия для этого самые что ни на есть благоприятные...

Король не отвечал, и Маленький принц немного помедлил в нерешимости, потом вздохнул и отправился в путь.

— Назначаю тебя послом! — поспешно крикнул вдогонку ему король.

И вид у него при этом был такой, точно он не потерпел бы никаких возражений.

«Странный народ эти взрослые», — сказал себе Маленький принц, продолжая путь.

XI

На второй планете жил честолюбец.

— О, вот и почитатель явился! — воскликнул он, еще издали завидев Маленького принца.

Ведь тщеславные люди воображают, что все ими восхищаются.

— Добрый день, — сказал Маленький принц. — Какая у вас забавная шляпа!

— Это чтобы раскланиваться, — объяснил честолюбец. — Чтобы раскланиваться, когда меня приветствуют. К несчастью, сюда никто не заглядывает.

— Вот как? — промолвил Маленький принц: он ничего не понял.

— Похлопай-ка в ладоши, — сказал ему честолюбец. Маленький принц захлопал в ладо-

Честолюбец приподнял шляпу
и скромно раскланялся.

71

ши. Честолюбец приподнял шляпу и скромно раскланялся.

«Здесь веселее, чем у старого короля», — подумал Маленький принц. И опять стал хлопать в ладоши. А честолюбец опять стал раскланиваться, снимая шляпу.

Так минут пять подряд повторялось одно и то же, и Маленькому принцу это наскучило.

— А что надо сделать, чтобы шляпа упала? — спросил он.

Но честолюбец не слышал. Тщеславные люди глухи ко всему, кроме похвал.

— Ты и правда мой восторженный почитатель? — спросил он Маленького принца.

— А как это — почитать?

— Почитать — значит признавать, что на этой планете я всех красивее, всех наряднее, всех богаче и всех умней.

— Да ведь на твоей планете больше и нет никого!

— Ну, доставь мне удовольствие, все равно восхищайся мною!

— Я восхищаюсь, — сказал Маленький принц, слегка пожав плечами, — но какая тебе от этого радость?

И он сбежал от честолюбца. «Право же, взрослые — очень странные люди», — только и подумал он, пускаясь в путь.

XII

На следующей планете жил пьяница. Маленький принц пробыл у него совсем недолго, но стало ему после этого очень невесело.

Когда он явился на эту планету, пьяница молча сидел, уставясь на полчища бутылок — пустых и полных.

— Что ты делаешь? — спросил Маленький принц.

— Пью, — мрачно ответил пьяница.

— Зачем?

— Чтобы забыть.

— О чем забыть? — спросил Маленький принц. Ему стало жаль пьяницу.

— Хочу забыть, что мне совестно, — признался пьяница и повесил голову.

— Совестно пить! — объяснил пьяница, и больше
от него нельзя было добиться ни слова.

— Отчего же тебе совестно? — спросил Маленький принц. Ему очень хотелось помочь бедняге.

— Совестно пить! — объяснил пьяница, и больше от него нельзя было добиться ни слова.

И Маленький принц отправился дальше, растерянный и недоумевающий.

«Да, право же, взрослые очень, очень странный народ», — подумал он, продолжая путь.

XIII

Четвертая планета принадлежала деловому человеку. Он был так занят, что при появлении Маленького принца даже головы не поднял.

— Добрый день, — сказал ему Маленький принц. — Ваша сигарета погасла.

— Три да два — пять. Пять да семь — двенадцать. Двенадцать да три — пятнадцать. Добрый день. Пятнадцать да семь — двадцать два. Двадцать два да шесть — двадцать восемь. Некогда спичкой чиркнуть. Двадцать шесть да пять — тридцать один. Уф! Итого, стало быть, пятьсот один миллион шестьсот двадцать две тысячи семьсот тридцать один.

— Пятьсот миллионов чего?

— А? Ты еще здесь? Пятьсот миллионов... Уж не знаю чего... У меня столько работы! Я человек серьезный, мне не до болтовни! Два да пять — семь...

— Пятьсот миллионов чего? — повторил Маленький принц: спросив о чем-нибудь, он не отступался, пока не получал ответа.

Деловой человек поднял голову.

— Уже пятьдесят четыре года я живу на этой планете, и за все время мне мешали только три раза. В первый раз, двадцать два года тому назад, ко мне откуда-то залетел майский жук. Он поднял ужасный шум, и я тогда сделал четыре ошибки в сложении. Во второй раз, одиннадцать лет тому назад, у меня был приступ ревматизма. От сидячего образа жизни. Мне разгуливать некогда. Я человек серьезный. Третий раз... вот он! Итак, стало быть, пятьсот миллионов...

— Миллионов чего?

Деловой человек понял, что надо ответить, а то не будет ему покоя.

— Пятьсот миллионов этих маленьких штучек, которые иногда видны в воздухе.

— Это что же, мухи?

— Да нет же, такие маленькие, блестящие.

— И моим вулканам, и моему цветку полезно, что я
ими владею. А звездам от тебя нет никакой пользы...
Деловой человек открыл было рот, но так
и не нашелся что ответить...

— Пчелы?

— Да нет же. Такие маленькие, золотые, всякий лентяй как посмотрит на них, так и размечтается. А я человек серьезный. Мне мечтать некогда.

— А, звезды?

— Вот-вот. Звезды.

— Пятьсот миллионов звезд? Что же ты с ними со всеми делаешь?

— Пятьсот один миллион шестьсот двадцать две тысячи семьсот тридцать одна. Я человек серьезный, я люблю точность.

— Что же ты делаешь со всеми этими звездами?

— Что делаю?

— Да.

— Ничего не делаю. Я ими владею.

— Владеешь звездами?

— Да.

— Но я уже видел короля, который...

— Короли ничем не владеют. Они только царствуют. Это совсем не одно и то же.

— А для чего тебе владеть звездами?

— Чтобы быть богатым.

— А для чего быть богатым?

— Чтобы покупать еще новые звезды, если их кто-нибудь откроет.

«Он рассуждает, почти как тот пьяница», — подумал Маленький принц. И стал спрашивать дальше:

— А как можно владеть звездами?

— Звезды чьи? — ворчливо спросил делец.

— Не знаю. Ничьи.

— Значит, мои, потому что я первый до этого додумался.

— И этого довольно?

— Ну конечно. Если ты найдешь алмаз, у которого нет хозяина, — значит, он твой. Если ты найдешь остров, у которого нет хозяина, — он твой. Если тебе первому придет в голову какая-нибудь идея, ты берешь на нее патент: она твоя. Я владею звездами, потому что до меня никто не догадался ими завладеть.

— Вот это верно, — сказал Маленький принц. — А что же ты с ними делаешь?

— Распоряжаюсь ими, — ответил делец. — Считаю их и пересчитываю. Это очень трудно. Но я человек серьезный.

Однако Маленькому принцу этого было мало.

— Если у меня есть шелковый платок, я могу повязать его вокруг шеи и унести с собой, — сказал он. — Если у меня есть цветок, я могу его сорвать и унести с собой. А ты ведь не можешь забрать звезды!

— Нет, но я могу положить их в банк.

— Как это?

— А так: пишу на бумажке, сколько у меня звезд. Потом кладу эту бумажку в ящик и запираю его на ключ.

— И все?

— Этого довольно.

«Забавно! — подумал Маленький принц. — И даже поэтично. Но не так уж это серьезно».

Что серьезно, а что несерьезно — это Маленький принц понимал по-своему, совсем не так, как взрослые.

— У меня есть цветок, — сказал он, — и я каждое утро его поливаю. У меня есть три вулкана, я каждую неделю их прочищаю. Все три прочищаю, и потухший тоже. Мало ли что может случиться! И моим вулканам, и моему цветку полезно, что я ими владею. А звездам от тебя нет никакой пользы...

Деловой человек открыл было рот, но так и не нашелся что ответить, и Маленький принц отправился дальше.

«Нет, взрослые и правда поразительный народ», — простодушно говорил он себе, продолжая путь.

XIV

Пятая планета была очень занятная. Она оказалась меньше всех. На ней только и помещалось что фонарь да фонарщик. Маленький принц никак не мог понять, для чего на крохотной, затерявшейся в небе планетке, где нет ни домов, ни жителей, нужны фонарь и фонарщик. Но он подумал:

«Может быть, этот человек и нелеп. Но он не так нелеп, как король, честолюбец, делец и пьяница. В его работе все-таки есть смысл. Когда он зажигает свой фонарь — как будто рождается еще одна звезда или цветок. А когда он гасит фонарь — как будто звезда или цветок засыпают. Прекрасное занятие. Это по-настоящему полезно, потому что красиво».

«Может быть, этот человек и нелеп. Но он не так нелеп, как король, честолюбец, делец и пьяница. В его
работе все-таки есть смысл».

И, поравнявшись с этой планеткой, он почтительно поклонился фонарщику.

— Добрый день, — сказал он. — Почему ты сейчас погасил фонарь?

— Такой уговор, — ответил фонарщик. — Добрый день.

— А что это за уговор?

— Гасить фонарь. Добрый вечер.

И он снова засветил фонарь.

— Зачем же ты опять его зажег?

— Такой уговор, — повторил фонарщик.

— Не понимаю, — признался Маленький принц.

— И понимать нечего, — сказал фонарщик. — Уговор есть уговор. Добрый день.

И погасил фонарь.

Потом красным клетчатым платком утер пот со лба и сказал:

— Тяжкое у меня ремесло. Когда-то это имело смысл. Я гасил фонарь по утрам, а вечером опять зажигал. У меня оставался день, чтобы отдохнуть, и ночь, чтобы выспаться...

— А потом уговор переменился?

— Уговор не менялся, — сказал фонарщик. — В том-то и беда! Моя планета год от года вращается все быстрее, а уговор остается прежний.

— И как же теперь? — спросил Маленький принц.

— Да вот так. Планета делает полный оборот за одну минуту, и у меня нет ни секунды передышки. Каждую минуту я гашу фонарь и опять его зажигаю.

— Вот забавно! Значит, у тебя день длится всего одну минуту!

— Ничего тут нет забавного, — возразил фонарщик. — Мы с тобой разговариваем уже целый месяц.

— Целый месяц?!

— Ну да. Тридцать минут. Тридцать дней. Добрый вечер! — И он опять засветил фонарь.

Маленький принц смотрел на фонарщика, и ему все больше нравился этот человек, который был так верен своему слову. Маленький принц вспомнил, как он когда-то переставлял стул с места на место, чтобы лишний раз поглядеть на закат. И ему захотелось помочь другу.

— Послушай, — сказал он фонарщику. — Я знаю средство: ты можешь отдыхать когда только захочешь...

— Мне все время хочется отдыхать, — сказал фонарщик. Ведь можно быть верным слову и все-таки ленивым.

— Твоя планетка такая крохотная, — продолжал Маленький принц, — ты можешь обойти ее в три шага. И просто нужно идти с такой скоростью, чтобы все время оставаться на солнце. Когда тебе захочется отдохнуть, ты просто все иди, иди... И день будет тянуться столько времени, сколько ты пожелаешь.

— Ну, от этого мне мало толку, — сказал фонарщик. — Больше всего на свете я люблю спать.

— Тогда плохо твое дело, — посочувствовал Маленький принц.

— Плохо мое дело, — подтвердил фонарщик. — Добрый день.

И погасил фонарь.

«Вот человек, — сказал себе Маленький принц, продолжая путь, — вот человек, которого все стали бы презирать: и король, и честолюбец, и пьяница, и делец. А между тем из них всех он один, по-моему, не смешон. Может быть, потому, что он думает не только о себе». Маленький принц вздохнул.

«Вот бы с кем подружиться, — подумал он еще. — Но его планетка уж очень крохотная. Там нет места для двоих...»

Он не смел себе признаться в том, что больше всего жалеет об этой чудесной планетке еще по одной причине: за двадцать четыре часа на ней можно любоваться закатом тысячу четыреста сорок раз!

XV

Шестая планета была в десять раз больше предыдущей. На ней жил старик, который писал толстенные книги.

— Смотрите-ка! Вот прибыл путешественник! — воскликнул он, заметив Маленького принца. Маленький принц сел на стол, чтобы отдышаться. Он уже столько странствовал!

— Откуда ты? — спросил старик.

— Что это за огромная книга? — спросил Маленький принц. — Что вы здесь делаете?

— Я географ, — ответил старик.

— А что такое географ?

— Это ученый, который знает, где находятся моря, реки, города, горы и пустыни.

— Географ — слишком важное лицо,
ему некогда разгуливать.

— Как интересно! — сказал Маленький принц. — Вот это настоящее дело!

И он окинул взглядом планету географа. Никогда еще он не видал такой величественной планеты.

— Ваша планета очень красивая, — сказал он. — А океаны у вас есть?

— Этого я не знаю, — сказал географ.

— О-о... — разочарованно протянул Маленький принц. — А горы есть?

— Не знаю, — повторил географ.

— А города, реки, пустыни?

— И этого я тоже не знаю.

— Но ведь вы географ!

— Вот именно, — сказал старик. — Я географ, а не путешественник. Мне ужасно не хватает путешественников. Ведь не географы ведут счет городам, рекам, горам, морям, океанам и пустыням. Географ — слишком важное лицо, ему некогда разгуливать. Он не выходит из своего кабинета. Но он принимает у себя путешественников и записывает их рассказы. И если кто-нибудь из них расскажет что-нибудь интересное, географ наводит справки и проверяет, порядочный ли человек этот путешественник.

— А зачем?

— Да ведь если путешественник станет врать, в учебниках географии все перепутается. И если он выпивает лишнее — тоже беда.

— А почему?

— Потому что у пьяниц двоится в глазах. И там, где на самом деле одна гора, географ отметит две.

— Я знал одного человека... Из него вышел бы плохой путешественник, — сказал Маленький принц.

— Очень возможно. Так вот, если окажется, что путешественник — человек порядочный, тогда проверяют его открытие.

— Как проверяют? Идут и смотрят?

— Ну нет. Это слишком сложно. Просто требуют, чтобы путешественник представил доказательства. Например, если он открыл большую гору, пускай принесет с нее большие камни. — Географ вдруг разволновался: — Но ты ведь и сам путешественник! Ты явился издалека! Расскажи мне о своей планете!

И он раскрыл толстенную книгу и очинил карандаш. Рассказы путешественников сначала записывают карандашом. И только после того, как путешественник представит доказательства, можно записать его рассказ чернилами.

— Слушаю тебя, — сказал географ.

— Ну, у меня там не так уж интересно, — промолвил Маленький принц. — У меня все очень маленькое. Есть три вулкана. Два действуют, а один давно потух. Но мало ли что может случиться...

— Да, все может случиться, — подтвердил географ.

— Потом, у меня есть цветок.

— Цветы мы не отмечаем, — сказал географ.

— Почему?! Это ведь самое красивое!

— Потому, что цветы эфемерны.

— Как это — эфемерны?

— Книги по географии — самые драгоценные книги на свете, — объяснил географ. — Они никогда не устаревают. Ведь это очень редкий случай, чтобы гора сдвинулась с места. Или чтобы океан пересох. Мы пишем о вещах вечных и неизменных.

— Но потухший вулкан может проснуться, — прервал Маленький принц. — А что такое «эфемерный»?

— Потух вулкан или действует — это для нас, географов, не имеет значения, — сказал географ. — Важно одно: гора. Она не меняется.

— А что такое «эфемерный»? — спросил Маленький принц, ведь раз задав вопрос, он не отступался, пока не получал ответа.

— Это значит: тот, что должен скоро исчезнуть.

— И мой цветок должен скоро исчезнуть?

— Разумеется.

«Моя краса и радость недолговечна, — сказал себе Маленький принц, — и ей нечем защищаться от мира: у нее только и есть что четыре шипа. А я бросил ее, и она осталась на моей планете совсем одна!»

Это впервые он пожалел о покинутом цветке. Но мужество тотчас вернулось к нему.

— Куда вы посоветуете мне отправиться? — спросил он географа.

— Посети планету Земля, — отвечал географ. — У нее неплохая репутация...

И Маленький принц пустился в путь, но мысли его были о покинутом цветке.

XVI

Итак, седьмая планета, которую он посетил, была Земля. Земля — планета непростая! На ней насчитывается сто одиннадцать королей (в том числе, конечно, и негритянских), семь тысяч географов, девятьсот тысяч дельцов, семь с половиной миллионов пьяниц, триста одиннадцать миллионов честолюбцев — итого около двух миллиардов взрослых.

Чтобы дать вам понятие о том, как велика Земля, скажу лишь, что, пока не изобрели электричество, на всех шести континентах приходилось держать целую армию фонарщиков — четыреста шестьдесят две тысячи пятьсот одиннадцать человек.

Если поглядеть со стороны, это было великолепное зрелище. Движения этой армии подчинялись точнейшему ритму, совсем как в балете.

Первыми выступали фонарщики Новой Зеландии и Австралии. Засветив свои огни, они отправлялись спать. За ними наступал черед фонарщиков Китая. Исполнив свой танец, они тоже скрывались за кулисами. Потом приходил черед фонарщиков в России и в Индии. Потом — в Африке и Европе. Затем в Южной Америке. Затем в Северной Америке. И никогда они не ошибались, никто не выходил на сцену не вовремя. Да, это было блистательно.

Только тому фонарщику, что должен был зажигать единственный фонарь на Северном полюсе, да еще его собрату на Южном полюсе — только этим двоим жилось легко и беззаботно: им приходилось заниматься своим делом всего два раза в год.

XVII

Когда очень хочешь сострить, иной раз поневоле приврешь. Рассказывая о фонарщиках, я несколько погрешил против истины. Боюсь, что у тех, кто не знает нашей планеты, сложится о ней неверное представление. Люди занимают на Земле не так уж много места. Если бы два миллиарда ее жителей сошлись и стали сплошной толпой, как на митинге, все они без труда уместились бы на пространстве размером двадцать миль в длину и двадцать в ширину. Все человечество можно бы составить плечом к плечу на самом маленьком островке в Тихом океане.

Взрослые вам, конечно, не поверят. Они воображают, что занимают очень много места. Они кажутся сами себе величественными, как баобабы. А вы посоветуйте им сделать точный расчет. Им это понравится, они ведь обожают цифры. Вы же не тратьте время на эту арифметику. Это ни к чему. Вы и без того мне верите.

Итак, попав на Землю, Маленький принц не увидел ни души и очень удивился. Он подумал даже, что залетел по ошибке на какую-то другую планету. Но тут в песке шевельнулось колечко цвета лунного луча.

— Добрый вечер, — сказал на всякий случай Маленький принц.

— Добрый вечер, — ответила змея.

— На какую это планету я попал?

— На Землю, — сказала змея. — В Африку.

— Вот как. А разве на Земле нет людей?

— Это пустыня. В пустынях никто не живет. Но Земля большая.

Маленький принц сел на камень и поднял глаза к небу.

— Хотел бы я знать, зачем звезды светятся, — задумчиво сказал он. — Наверно, затем, чтобы рано или поздно каждый мог снова отыскать свою. Смотри, вот моя планета — прямо над нами... Но как до нее далеко!

— Это пустыня. В пустынях никто не живет.
Но Земля большая.

— Красивая планета, — сказала змея. — А что ты будешь делать здесь, на Земле?

— Я поссорился со своим цветком, — признался Маленький принц.

— А, вот оно что... — И оба умолкли.

— А где же люди? — вновь заговорил наконец Маленький принц. — В пустыне все-таки одиноко...

— Среди людей тоже одиноко, — заметила змея.

Маленький принц внимательно посмотрел на нее.

— Странное ты существо, — сказал он. — Не толще пальца...

— Но могущества у меня больше, чем в пальце короля, — возразила змея.

Маленький принц улыбнулся.

— Ну, разве ты уж такая могущественная? У тебя даже лап нет. Ты и путешествовать не можешь...

— Я могу унести тебя дальше, чем любой корабль, — сказала змея. И обвилась вокруг щиколотки Маленького принца, словно золотой

— Хотел бы я знать, зачем звезды светятся, — задумчиво сказал он. — Наверно, затем, чтобы рано или поздно каждый мог снова отыскать свою.

браслет. — Всех, кого я коснусь, я возвращаю земле, из которой они вышли, — сказала она. — Но ты чист и явился со звезды...

Маленький принц не ответил.

— Мне жаль тебя, — продолжала змея. — Ты так слаб на этой Земле, жесткой, как гранит. В тот день, когда ты горько пожалеешь о своей покинутой планете, я сумею тебе помочь. Я могу...

— Я прекрасно понял, — сказал Маленький принц. — Но почему ты все время говоришь загадками?

— Я решаю все загадки, — сказала змея.

И оба умолкли.

XVIII

Маленький принц пересек пустыню и никого не встретил. За все время ему попался только один цветок — крохотный, невзрачный цветок о трех лепестках...

— Здравствуй, — сказал Маленький принц.

— Здравствуй, — отвечал цветок.

— А где люди? — вежливо спросил Маленький принц.

Цветок видел однажды, как мимо шел караван.

— Люди? Ах да... Их всего-то, кажется, шесть или семь. Я видел их много лет назад. Но где их искать — неизвестно. Их носит ветром. У них нет корней — это очень неудобно.

— Прощай, — сказал Маленький принц.

— Прощай, — сказал цветок.

XIX

Маленький принц поднялся на высокую гору. Прежде он никогда не видал гор, кроме своих трех вулканов, которые были ему по колено. Потухший вулкан служил ему табуретом. И теперь он подумал: «С такой высокой горы я сразу увижу всю планету и всех людей». Но увидел только скалы, острые и тонкие, как иглы.

— Добрый день, — сказал он на всякий случай.

«Добрый день... день... день...» — откликнулось эхо.

— Кто вы? — спросил Маленький принц.

«Кто вы... кто вы... кто вы...» — откликнулось эхо.

— Добрый день, — сказал он на всякий случай.

«Добрый день... день... день...» — откликнулось эхо.

Маленький принц пересек пустыню
и никого не встретил.

— Будем друзьями, я совсем один, — сказал он.

«Один... один... один...» — откликнулось эхо.

«Какая странная планета! — подумал Маленький принц. — Совсем сухая, вся в иглах и соленая. И у людей не хватает воображения. Они только повторяют то, что им скажешь... Дома у меня был цветок, моя краса и радость, и он всегда заговаривал первым».

XX

Долго шел Маленький принц через пески, скалы и снега и наконец набрел на дорогу. А все дороги ведут к людям.

— Добрый день, — сказал он.

Перед ним был сад, полный роз.

— Добрый день, — отозвались розы. И Маленький принц увидел, что все они похожи на его цветок.

— Кто вы? — спросил он, пораженный.

— Мы — розы, — отвечали розы.

— Вот как... — промолвил Маленький принц.

И почувствовал себя очень-очень несчастным. Его красавица говорила ему, что подобных ей нет во всей Вселенной. И вот перед ним пять тысяч точно таких же цветов в одном только саду!

«Как бы она рассердилась, если бы увидела их! — подумал Маленький принц. — Она бы ужасно раскашлялась и сделала вид, что умирает, лишь бы не показаться смешной. А мне пришлось бы ходить за ней, как за больной, — ведь иначе она и вправду бы умерла, лишь бы унизить и меня тоже...»

А потом он подумал: «Я-то воображал, что владею единственным в мире цветком, какого

больше ни у кого и нигде нет, а это была самая обыкновенная роза. Только всего у меня и было что простая роза да три вулкана ростом мне по колено, и то один из них потух, и, может быть, навсегда... Какой же я после этого принц?..» Он лег в траву и заплакал.

XXI

Вот тут-то и появился Лис.

— Здравствуй, — сказал он.

— Здравствуй, — вежливо ответил Маленький принц и оглянулся, но никого не увидел.

— Я здесь, — послышался голос. — Под яблоней...

— Кто ты? — спросил Маленький принц. — Какой ты красивый!

— Я Лис, — сказал Лис.

— Поиграй со мной, — попросил Маленький принц. — Мне так грустно...

— Не могу я с тобой играть, — сказал Лис. — Я не приручен.

— Ах, извини, — сказал Маленький принц. Но, подумав, спросил: — А как это — приручить?

— Ты нездешний, — заметил Лис. — Что ты здесь ищешь?

— Людей ищу, — сказал Маленький принц. — А как это — приручить?

— У людей есть ружья, и они ходят на охоту. Это очень неудобно! И еще они разводят кур. Только этим они и хороши. Ты ищешь кур?

— Нет, — сказал Маленький принц. — Я ищу друзей. А как это — приручить?

— Это давно забытое понятие, — объяснил Лис. — Оно означает: создать узы.

— Узы?

— Вот именно, — сказал Лис. — Ты для меня пока всего лишь маленький мальчик, точно такой же, как сто тысяч других мальчиков. И ты мне не нужен. И я тебе тоже не нужен. Я для тебя только лисица, точно такая же, как сто тысяч других лисиц. Но если ты меня приручишь, мы станем нужны друг другу. Ты будешь для меня единственный в целом свете. И я буду для тебя один в целом свете...

— Я начинаю понимать, — сказал Маленький принц. — Есть одна роза... Наверно, она меня приручила...

Вот тут-то и появился Лис.

— Очень возможно, — согласился Лис. — На Земле чего только не бывает.

— Это было не на Земле, — сказал Маленький принц.

Лис очень удивился:

— На другой планете?

— Да.

— А на той планете есть охотники?

— Нет.

— Как интересно! А куры там есть?

— Нет.

— Нет в мире совершенства! — вздохнул Лис. Но потом он опять заговорил о том же: — Скучная у меня жизнь. Я охочусь за курами, а люди охотятся за мною. Все куры одинаковы, и люди все одинаковы. И живется мне скучновато. Но если ты меня приручишь, моя жизнь словно солнцем озарится. Твои шаги я стану различать среди тысяч других. Заслышав людские шаги, я всегда убегаю и прячусь. Но твоя походка позовет меня, точно музыка, и я выйду из своего убежища. И потом — смотри! Видишь, вон там, в полях, зреет пшеница? Я не ем хлеба. Колосья

— А на той планете есть охотники?

мне не нужны. Пшеничные поля ни о чем мне не говорят. И это грустно! Но у тебя золотые волосы. И как чудесно будет, когда ты меня приручишь! Золотая пшеница станет напоминать мне тебя. И я полюблю шелест колосьев на ветру...

Лис замолчал и долго смотрел на Маленького принца. Потом сказал:

— Пожалуйста... приручи меня!

— Я бы рад, — ответил Маленький принц, — но у меня так мало времени. Мне еще надо найти друзей и узнать разные вещи.

— Узнать можно только те вещи, которые приручишь, — сказал Лис. — У людей уже не хватает времени что-либо узнавать. Они покупают вещи готовыми в магазинах. Но ведь нет таких магазинов, где торговали бы друзьями, и потому люди больше не имеют друзей. Если хочешь, чтобы у тебя был друг, приручи меня!

— А что для этого надо делать? — спросил Маленький принц.

— Надо запастись терпением, — ответил Лис. — Сперва сядь вон там, поодаль, на тра-

— Как чудесно будет, когда ты меня приручишь!
Золотая пшеница станет напоминать мне тебя.
И я полюблю шелест колосьев на ветру...

ву — вот так. Я буду на тебя искоса поглядывать, а ты молчи. Слова только мешают понимать друг друга. Но с каждым днем садись немножко ближе...

Назавтра Маленький принц вновь пришел на то же место.

— Лучше приходи всегда в один и тот же час, — попросил Лис. — Вот, например, если ты будешь приходить в четыре часа, я уже с трех часов почувствую себя счастливым. И чем ближе к назначенному часу, тем счастливее. В четыре часа я уже начну волноваться и тревожиться. Я узнаю цену счастью! А если ты приходишь всякий раз в другое время, я не знаю, к какому часу готовить свое сердце... Нужно соблюдать обряды.

— А что такое обряды? — спросил Маленький принц.

— Это тоже нечто давно забытое, — объяснил Лис. — Нечто такое, отчего один какой-то день становится не похож на все другие дни, один час — на все другие часы. Вот, например, у моих охотников есть такой обряд: по четвергам они

— ...не забывай: ты навсегда в ответе за всех,
кого приручил...

танцуют с деревенскими девушками. И какой же это чудесный день — четверг! Я отправляюсь на прогулку и дохожу до самого виноградника. А если бы охотники танцевали когда придется, все дни были бы одинаковы, и я никогда не знал бы отдыха.

Так Маленький принц приручил Лиса. И вот настал час прощания.

— Я буду плакать о тебе, — вздохнул Лис.

— Ты сам виноват, — сказал Маленький принц. — Я ведь не хотел, чтобы тебе было больно; ты сам пожелал, чтобы я тебя приручил...

— Да, конечно, — сказал Лис.

— Но ты будешь плакать!

— Да, конечно.

— Значит, тебе от этого плохо.

— Нет, — возразил Лис, — мне хорошо. Вспомни, что я говорил про золотые колосья. — Он умолк. Потом прибавил: — Поди взгляни еще раз на розы. Ты поймешь, что твоя роза — единственная в мире. А когда вернешься, чтобы проститься со мной, я открою тебе один секрет. Это будет мой тебе подарок.

Маленький принц пошел взглянуть на розы.

— Вы ничуть не похожи на мою розу, — сказал он им. — Вы еще ничто. Никто вас не приручил, и вы никого не приручили. Таким был прежде мой Лис. Он ничем не отличался от ста тысяч других лисиц. Но я с ним подружился, и теперь он — единственный в целом свете.

Розы очень смутились.

— Вы красивые, но пустые, — продолжал Маленький принц. — Ради вас не захочется умереть. Конечно, случайный прохожий, поглядев на мою розу, скажет, что она точно такая же, как вы. Но мне она одна дороже всех вас. Ведь это ее, а не вас я поливал каждый день. Ее, а не вас накрывал стеклянным колпаком. Ее загораживал ширмой, оберегая от ветра. Для нее убивал гусениц, только двух или трех оставил, чтобы вывелись бабочки. Я слушал, как она жаловалась и как хвастала, я прислушивался к ней, даже когда она умолкала. Она — моя.

И Маленький принц возвратился к Лису.

— Прощай... — сказал он.

— Прощай, — сказал Лис. — Вот мой секрет, он очень прост: зорко одно лишь сердце. Самого главного глазами не увидишь.

— Самого главного глазами не увидишь, — повторил Маленький принц, чтобы лучше запомнить.

— Твоя роза так дорога тебе потому, что ты отдавал ей все свои дни.

— Потому что я отдавал ей все свои дни... — повторил Маленький принц, чтобы лучше запомнить.

— Люди забыли эту истину, — сказал Лис, — но ты не забывай: ты навсегда в ответе за всех, кого приручил. Ты в ответе за твою розу.

— Я в ответе за мою розу... — повторил Маленький принц, чтобы лучше запомнить.

XXII

— Добрый день, — сказал Маленький принц.

— Добрый день, — отозвался стрелочник.

— Что ты делаешь? — спросил Маленький принц.

— Сортирую пассажиров, — отвечал стрелочник. — Отправляю их в поездах по тысяче человек зараз — один поезд направо, другой налево.

И скорый поезд, сверкая освещенными окнами, с громом промчался мимо, и будка стрелочника вся задрожала.

— Как они спешат! — удивился Маленький принц. — Что они ищут?

— Даже сам машинист этого не знает, — сказал стрелочник.

И в другую сторону, сверкая огнями, с громом пронесся еще один скорый поезд.

— Они уже возвращаются? — спросил Маленький принц.

— Нет, это другие, — сказал стрелочник. — Это встречный.

— Им было нехорошо там, где они были прежде?

— Там хорошо, где нас нет, — сказал стрелочник.

И прогремел, сверкая, третий скорый поезд.

— Они хотят догнать тех, первых? — спросил Маленький принц.

— Ничего они не хотят, — сказал стрелочник. — Они спят в вагонах или просто сидят и зевают. Одни только дети прижимаются носами к окнам.

— Одни только дети знают, что ищут, — промолвил Маленький принц. — Они отдают все свои дни тряпочной кукле, и она становится им очень-очень дорога, и, если ее у них отнимут, дети плачут...

— Их счастье, — сказал стрелочник.

XXIII

— Добрый день, — сказал Маленький принц.

— Добрый день, — ответил торговец.

Он торговал самоновейшими пилюлями, которые утоляют жажду. Проглотишь такую пилюлю — и потом целую неделю не хочется пить.

— Для чего ты их продаешь? — спросил Маленький принц.

— От них большая экономия времени, — ответил торговец. — По подсчетам специалистов, можно сэкономить пятьдесят три минуты в неделю.

— А что делать в эти пятьдесят три минуты?

— Да что хочешь.

«Будь у меня пятьдесят три минуты свободных, — подумал Маленький принц, — я бы просто-напросто пошел к роднику...»

XXIV

Миновала неделя с тех пор, как я потерпел аварию, и, слушая про торговца пилюлями, я выпил последний глоток воды.

— Да, — сказал я Маленькому принцу, — все, что ты рассказываешь, очень интересно, но я еще не починил самолет, у меня не осталось ни капли воды, и я тоже был бы счастлив, если бы мог просто-напросто пойти к роднику.

— Лис, с которым я подружился...

— Милый мой, мне сейчас не до Лиса!

— Почему?

— Да потому, что придется умереть от жажды...

Он не понял, какая тут связь. Он возразил:

— Хорошо, если у тебя когда-то был друг, пусть даже надо умереть. Вот я очень рад, что дружил с Лисом...

«Он не понимает, как велика опасность. Он никогда не испытывал ни голода, ни жажды. Ему довольно солнечного луча...»

Я не сказал этого вслух, только подумал. Но Маленький принц посмотрел на меня и промолвил:

— Мне тоже хочется пить... Пойдем поищем колодец...

Я устало развел руками: что толку наугад искать колодцы в бескрайней пустыне? Но все-таки мы пустились в путь.

Долгие часы мы шли молча. Наконец стемнело и в небе стали загораться звезды. От жажды меня немного лихорадило, и я видел их будто во сне. Мне все вспоминались слова Маленького принца, и я спросил:

— Значит, и ты тоже знаешь, что такое жажда?

Но он не ответил. Он сказал просто:

— Вода бывает нужна и сердцу...

Я не понял, но промолчал. Я знал, что не следует его расспрашивать.

Он устал. Опустился на песок. Я сел рядом. Помолчали. Потом он сказал:

— Звезды очень красивые, потому что где-то там есть цветок, хоть его и не видно...

— Да, конечно, — сказал я только, глядя на волнистый песок, освещенный луною.

— И пустыня красивая... — прибавил Маленький принц.

Это правда. Мне всегда нравилось в пустыне. Сидишь на песчаной дюне. Ничего не видно. Ничего не слышно. И все же тишина словно лучится...

— Знаешь, отчего хороша пустыня? — сказал он. — Где-то в ней скрываются родники...

Я был поражен. Вдруг я понял, почему таинственно лучится песок. Когда-то, маленьким мальчиком, я жил в старом-престаром доме — рассказывали, будто в нем запрятан клад. Разумеется, никто его так и не открыл, а может быть, никто никогда его и не искал. Но из-за него дом был словно заколдован: в сердце своем он скрывал тайну...

— Да, — сказал я. — Будь то дом, звезды или пустыня — самое прекрасное в них то, чего не увидишь глазами.

— Я очень рад, что ты согласен с моим другом Лисом, — отозвался Маленький принц.

Потом он уснул, я взял его на руки и пошел дальше. Я был взволнован. Мне казалось, я несу хрупкое сокровище. Мне казалось даже, ничего более хрупкого нет на нашей Земле. При свете луны я смотрел на его бледный лоб, на сомкнутые ресницы, на золотые пряди волос, которые перебирал ветер, и говорил себе: все это лишь оболочка. Самое главное — то, чего не увидишь глазами...

Его полуоткрытые губы дрогнули в улыбке, и я сказал себе: трогательней всего в этом спящем Маленьком принце его верность цветку, образ розы, который лучится в нем, словно пламя светильника, даже когда он спит... И я понял, он еще более хрупок, чем кажется. Светильники надо беречь: порыв ветра может их погасить... Так я шел... и на рассвете дошел до колодца.

XXV

— Люди забираются в скорые поезда, но они уже сами не понимают, чего ищут, — сказал Маленький принц. — Поэтому они не знают покоя и бросаются то в одну сторону, то в другую... — Потом прибавил: — И все напрасно...

Колодец, к которому мы пришли, был не такой, как все колодцы в Сахаре. Обычно здесь колодец — просто яма в песке. А это был самый настоящий деревенский колодец. Но деревни тут нигде не было, и я подумал, что это сон.

— Как странно, — сказал я Маленькому принцу, — тут все приготовлено: и ворот, и ведро, и веревка...

Он засмеялся, тронул веревку, стал раскручивать ворот. И ворот заскрипел, точно старый флюгер, долго ржавевший в безветрии.

— Слышишь? — сказал Маленький принц. — Мы разбудили колодец, и он запел...

Я боялся, что он устанет.

— Я сам зачерпну воды, — сказал я, — тебе это не под силу.

Медленно вытащил я полное ведро и надежно поставил его на каменный край колодца. В ушах у меня еще отдавалось пение скрипучего ворота, вода в ведре еще дрожала, и в ней играли солнечные зайчики.

— Мне хочется глотнуть этой воды, — промолвил Маленький принц. — Дай мне напиться...

И я понял, что он искал!

Я поднес ведро к его губам. Он пил, закрыв глаза. Это было как самый прекрасный пир. Вода эта была не простая. Она родилась из долгого пути под звездами, из скрипа ворота, из усилий моих рук. Она была как подарок сердцу. Когда я был маленький, так светились для меня рождественские подарки: сиянием свеч на елке, пением органа в час полночной мессы, ласковыми улыбками.

Вода эта была не простая. Она родилась
из долгого пути под звездами, из скрипа ворота,
из усилий моих рук.

— На твоей планете, — сказал Маленький принц, — люди выращивают в одном саду пять тысяч роз... и не находят того, что ищут...

— Не находят, — согласился я.

— А ведь то, чего они ищут, можно найти в одной-единственной розе, в глотке воды...

— Да, конечно, — согласился я.

И Маленький принц сказал:

— Но глаза слепы. Искать надо сердцем.

Я выпил воды. Дышалось легко. На рассвете песок становится золотой, как мед. И от этого тоже я был счастлив. С чего бы мне грустить?..

— Ты должен сдержать слово, — мягко сказал Маленький принц, снова садясь рядом со мною.

— Какое слово?

— Помнишь, ты обещал... намордник для моего барашка... Я ведь в ответе за тот цветок.

Я достал из кармана свои рисунки. Маленький принц поглядел на них и засмеялся:

— Баобабы у тебя похожи на капусту...

А я-то гордился своими баобабами!

— А у лисицы твоей уши... точно рога! И какие длинные!

И он опять засмеялся.

— Ты несправедлив, дружок. Я ведь никогда и не умел рисовать — разве только удавов снаружи и изнутри.

— Ну ничего, — успокоил он меня. — Дети и так поймут.

И я нарисовал намордник для барашка. Я отдал рисунок Маленькому принцу, и сердце у меня сжалось.

— Ты что-то задумал и не говоришь мне...

Но он не ответил.

— Знаешь, — сказал он, — завтра исполнится год, как я попал к вам на Землю... — И умолк. Потом прибавил: — Я упал совсем близко отсюда...

И покраснел.

И опять, бог весть почему, тяжело стало у меня на душе. Все-таки я спросил:

— Значит, неделю назад, в то утро, когда мы познакомились, ты не случайно бродил тут совсем один, за тысячу миль от человеческого жилья? Ты возвращался к месту, где тогда упал?

Маленький принц покраснел еще сильнее.

А я прибавил нерешительно:

— Может быть, это потому, что исполняется год?..

И снова он покраснел. Он не ответил ни на один мой вопрос, но ведь когда краснеешь, это значит «да», не так ли?

— Неспокойно мне... — начал я.

Но он сказал:

— Пора тебе приниматься за работу. Иди к своей машине. Я буду ждать тебя здесь. Возвращайся завтра вечером...

Однако мне не стало спокойнее. Я вспомнил о Лисе. Когда даешь себя приручить, потом случается и плакать.

XXVI

Неподалеку от колодца сохранились развалины древней каменной стены. На другой вечер, покончив с работой, я вернулся туда и еще издали увидел, что Маленький принц сидит на краю стены, свесив ноги. И услышал его голос.

— Разве ты не помнишь? — говорил он. — Это было совсем не здесь.

Наверно, кто-то ему отвечал, потому что он возразил:

— Ну да, это было ровно год назад, день в день, но только в другом месте...

Я зашагал быстрее. Но нигде у стены я больше никого не видел и не слышал. А между тем Маленький принц снова ответил кому-то:

— Ну конечно. Ты найдешь мои следы на песке. И тогда жди. Сегодня ночью я туда приду.

До стены оставалось двадцать метров, а я все еще ничего не видел.

После недолгого молчания Маленький принц спросил:

— А у тебя хороший яд? Ты не заставишь меня долго мучиться?

Я остановился, и сердце мое сжалось, но я все еще не понимал.

— Теперь уходи, — сказал Маленький принц. — Я хочу спрыгнуть вниз.

Тогда я опустил глаза да так и подскочил! У подножия стены, подняв голову к Маленькому принцу, свернулась желтая змейка из тех, чей укус убивает в полминуты.

Нащупывая в кармане револьвер, я бегом бросился к ней, но при звуке шагов змейка тихо заструилась по песку, словно умирающий ручеек, и с еле слышным металлическим звоном неторопливо скрылась меж камней.

Я подбежал к стене как раз вовремя и подхватил моего Маленького принца. Он был белее снега.

А между тем Маленький принц снова ответил кому-то:
— Ну конечно. Ты найдешь мои следы на песке.
И тогда жди. Сегодня ночью я туда приду.

— Что это тебе вздумалось, малыш! — воскликнул я. — Чего ради ты заводишь разговоры со змеями?

Я развязал его неизменный золотой шарф. Смочил ему виски и заставил выпить воды. Но не смел больше ни о чем спрашивать. Он серьезно посмотрел на меня и обвил мою шею руками. Я услышал, как бьется его сердце, словно у подстреленной птицы. Он сказал:

— Я рад, что ты нашел, в чем там была беда с твоей машиной. Теперь ты можешь вернуться домой...

— Откуда ты знаешь?!

Я как раз собирался сказать ему, что, вопреки всем ожиданиям, мне удалось исправить самолет!

Он не ответил, он только сказал:

— И я тоже сегодня вернусь домой.

Потом прибавил печально:

— Это гораздо дальше... и гораздо труднее...

Все было как-то странно. Я крепко обнимал его, точно малого ребенка, и, однако, мне казалось, будто он ускользает, его затягивает бездна, и я не в силах его удержать...

Он задумчиво смотрел куда-то вдаль.

— У меня останется твой барашек. И ящик для барашка. И намордник...

Он печально улыбнулся. Я долго ждал. Он словно бы приходил в себя.

— Ты напугался, малыш...

Ну еще бы не напугаться! Но он тихонько засмеялся:

— Сегодня вечером мне будет куда страшнее...

И опять меня оледенило предчувствие непоправимой беды. Неужели, неужели я никогда больше не услышу, как он смеется? Этот смех для меня — точно родник в пустыне.

— Малыш, я хочу еще послушать, как ты смеешься...

Но он сказал:

— Сегодня ночью исполнится год. Моя звезда станет как раз над тем местом, где я упал год назад...

— Послушай, малыш, ведь все это — и змея, и свидание со звездой — просто дурной сон, правда?

Но он не ответил.

— Самое главное — то, чего глазами не увидишь... — сказал он.

— Да, конечно...

— Это как с цветком. Если любишь цветок, что растет где-то на далекой звезде, хорошо ночью глядеть в небо. Все звезды расцветают.

— Да, конечно...

— Это как с водой. Когда ты дал мне напиться, та вода была как музыка, а все из-за ворота и веревки. Помнишь? Она была очень хорошая.

— Да, конечно...

— Ночью ты посмотришь на звезды. Моя звезда очень маленькая, я не могу ее тебе показать. Так лучше. Она будет для тебя просто — одна из звезд. И ты полюбишь смотреть на звезды... Все они станут тебе друзьями. И потом, я тебе кое-что подарю...

И он засмеялся.

— Ах, малыш, малыш, как я люблю, когда ты смеешься!

— Вот это и есть мой подарок... Это будет как с водой...

— Сегодня ночью исполнится год. Моя звезда станет как раз над тем местом, где я упал год назад...

— Как так?

— У каждого человека свои звезды. Одним — тем, кто странствует, — они указывают путь. Для других это просто маленькие огоньки. Для ученых они — как задача, которую надо решить. Для моего дельца они — золото. Но для всех этих людей звезды — немые. А у тебя будут совсем особенные звезды...

— Как так?

— Ты посмотришь ночью на небо, а ведь там будет такая звезда, где я живу, где я смеюсь, — и ты услышишь, что все звезды смеются. У тебя будут звезды, которые умеют смеяться!

И он сам засмеялся.

— И когда ты утешишься — в конце концов всегда утешаешься, — ты будешь рад, что знал меня когда-то. Ты всегда будешь мне другом. Тебе захочется посмеяться со мною. Иной раз ты вот так распахнешь окно, и тебе будет приятно... И твои друзья станут удивляться, что ты смеешься, глядя на небо. А ты им скажешь: «Да, да, я всегда смеюсь, глядя на звезды!» И они подумают, что ты сошел с ума. Вот какую злую шутку я с тобой сыграю...

Он опять засмеялся.

— Как будто вместо звезд я подарил тебе целую кучу смеющихся бубенцов...

И он опять засмеялся. Потом снова стал серьезен:

— Знаешь... сегодня ночью... лучше не приходи.

— Я тебя не оставлю.

— Тебе покажется, что мне больно. Покажется даже, что я умираю. Так уж оно бывает. Не приходи, не надо.

— Я тебя не оставлю.

Но он был чем-то озабочен.

— Видишь ли... это еще из-за змеи. Вдруг она тебя ужалит... Змеи ведь злые. Кого-нибудь ужалить для них удовольствие.

— Я тебя не оставлю.

Он вдруг успокоился:

— Правда, на двоих у нее не хватит яда...

В ту ночь я не заметил, как он ушел. Он ускользнул неслышно. Когда я наконец нагнал его, он шел быстрым, решительным шагом.

— А, это ты... — сказал он только. И взял меня за руку. Но что-то его тревожило.

— Напрасно ты идешь со мной. Тебе будет больно на меня смотреть. Тебе покажется, будто я умираю, но это неправда...

Я молчал.

— Видишь ли... это очень далеко. Мое тело слишком тяжелое. Мне его не унести.

Я молчал.

— Но это все равно что сбросить старую оболочку. Тут нет ничего печального...

Я молчал.

Он немного пал духом. Но все-таки сделал еще одно усилие:

— Знаешь, будет очень славно. Я тоже стану смотреть на звезды. И все звезды будут точно старые колодцы со скрипучим воротом. И каждая даст мне напиться...

Я молчал.

— Подумай, как забавно! У тебя будет пятьсот миллионов бубенцов, а у меня — пятьсот миллионов родников...

И тут он тоже замолчал, потому что заплакал.

— Вот мы и пришли. Дай мне сделать еще шаг одному.

— Знаешь, будет очень славно.
Я тоже стану смотреть на звезды.

И он сел на песок, потому что ему стало страшно.

Потом он сказал:

— Знаешь... моя роза... я за нее в ответе. А она такая слабая! И такая простодушная. У нее только и есть что четыре жалких шипа, больше ей нечем защищаться от мира.

Я тоже сел, потому что у меня подкосились ноги. Он сказал:

— Ну... вот и все...

Помедлил еще минуту и встал. И сделал один только шаг. А я не мог шевельнуться.

Точно желтая молния мелькнула у его ног. Мгновение он оставался недвижим. Не вскрикнул. Потом упал — медленно, как падает дерево. Медленно и неслышно, ведь песок приглушает все звуки.

XXVII

И вот прошло уже шесть лет... Я еще ни разу никому об этом не рассказывал. Когда я вернулся, товарищи рады были вновь увидеть меня живым и невредимым. Грустно мне было, но я говорил им:

— Это я просто устал...

И все же понемногу я утешился. То есть не совсем... Но я знаю: он возвратился на свою планетку, ведь, когда рассвело, я не нашел на песке его тела. Не такое уж оно было тяжелое. А по ночам я люблю слушать звезды. Словно пятьсот миллионов бубенцов...

Но вот что поразительно. Когда я рисовал намордник для барашка, я забыл про ремешок! Маленький принц не сможет надеть его на барашка. И я спрашиваю себя: что-то делается там, на его планете? Вдруг барашек съел розу?

Иногда я говорю себе: нет, конечно, нет! Маленький принц на ночь всегда накрывает розу стеклянным колпаком, и он очень следит за барашком... Тогда я счастлив. И все звезды тихонько смеются.

А иногда я говорю себе: бываешь же порой рассеянным... Тогда все может случиться! Вдруг он как-нибудь вечером забыл про стеклянный колпак или барашек ночью втихомолку выбрался на волю... И тогда бубенцы плачут...

Все это загадочно и непостижимо. Вам, кто тоже полюбил Маленького принца, как и мне, это совсем-совсем не все равно: весь мир становится для нас иным оттого, что где-то в безвестном уголке Вселенной барашек, которого мы никогда не видели, быть может, съел незнакомую нам розу.

Взгляните на небо. И спросите себя: жива ли та роза или ее уже нет? Вдруг барашек ее съел? И вы увидите: все станет по-другому... И никогда ни один взрослый не поймет, как это важно!

В ту ночь я не заметил, как он ушел.
Он ускользнул незаметно.

Здесь Маленький принц впервые появился
на Земле, а потом исчез.

Это, по-моему, самое красивое и самое печальное место на свете. Этот же уголок пустыни нарисован и на предыдущей странице, но я нарисовал еще раз, чтобы вы получше его разглядели. Здесь Маленький принц впервые появился на Земле, а потом исчез. Всмотритесь внимательней, чтобы непременно узнать это место, если когда-нибудь вы попадете в Африку, в пустыню. Если вам случится тут проезжать, заклинаю вас, не спешите, помедлите немного под этой звездой! И если к вам подойдет маленький мальчик с золотыми волосами, если он будет звонко смеяться и ничего не ответит на ваши вопросы, вы, уж конечно, догадаетесь, кто он такой. Тогда — очень прошу вас! — не забудьте утешить меня в моей печали, скорей напишите мне, что он вернулся...

Содержание

Литературно-художественное издание

Антуан де Сент-Экзюпери

МАЛЕНЬКИЙ ПРИНЦ

Ответственный редактор *М. Яновская*
Художественный редактор *Б. Волков*
Технический редактор *М. Печковская*
Компьютерная верстка *А. Москаленко*
Корректор *Т. Бородоченкова*

ООО «Издательство «Эксмо»
127299, Москва, ул. Клары Цеткин, д. 18/5. Тел. 411-68-86, 956-39-21.
Home page: **www.eksmo.ru** E-mail: **info@eksmo.ru**

Өндіруші: «ЭКСМО» АҚБ Баспасы, 127299, Мәскеу, Клара Цеткин көшесі, 18/5 үй.
Тел. 8 (495) 411-68-86, 8 (495) 956-39-21.
Home page: www.eksmo.ru . E-mail: info@eksmo.ru.
Қазақстан Республикасындағы Өкілдігі: «РДЦ-Алматы» ЖШС, Алматы қаласы,
Домбровский көшесі, 3«а», Б литері, 1 кеңсе. Тел.: 8(727) 2 51 59 89,90,91,92,
факс: 8 (727) 251 58 12 ішкі 107; E-mail: RDC-Almaty@eksmo.kz
Қазақстан Республикасының аумағында өнімдер бойынша шағымды Қазақстан
Республикасындағы Өкілдігі қабылдайды: «РДЦ-Алматы» ЖШС,
Алматы қаласы, Домбровский көшесі, 3«а», Б литері, 1 кеңсе.
Өнімдердің жарамдылық мерзімі шектелмеген.

Подписано в печать 19.06.2013. Формат 60х84 $^{1}/_{16}$.
Гарнитура «НьюСтандарт». Печать офсетная. Бум. офс. Усл. печ. л. 9,33.
Доп. тираж 5 000 экз. Заказ 747.

Отпечатано с электронных носителей издательства.
ОАО "Тверской полиграфический комбинат". 170024, г. Тверь, пр-т Ленина, 5.
Телефон: (4822) 44-52-03, 44-50-34, Телефон/факс: (4822)44-42-15
Home page - www.tverpk.ru Электронная почта (E-mail) - sales@tverpk.ru

ISBN 978-5-699-50605-7

Оптовая торговля книгами «Эксмо»:
ООО «ТД «Эксмо». 142702, Московская обл., Ленинский р-н, г. Видное,
Белокаменное ш., д. 1, многоканальный тел. 411-50-74.
E-mail: **reception@eksmo-sale.ru**

По вопросам приобретения книг «Эксмо»
зарубежными оптовыми покупателями
обращаться в отдел зарубежных продаж ТД «Эксмо»
E-mail: **international@eksmo-sale.ru**

International Sales: International wholesale customers should contact
Foreign Sales Department of Trading House «Eksmo» for their orders.
international@eksmo-sale.ru

По вопросам заказа книг корпоративным клиентам,
в том числе в специальном оформлении,
обращаться по тел. 411-68-59, доб. 2299, 2205, 2239, 1251.
E-mail: **vipzakaz@eksmo.ru**

Оптовая торговля бумажно-беловыми
и канцелярскими товарами для школы и офиса «Канц-Эксмо»:
Компания «Канц-Эксмо»: 142700, Московская обл., Ленинский р-н,
г. Видное-2, Белокаменное ш., д. 1, а/я 5.
Тел./факс +7 (495) 745-28-87 (многоканальный).
e-mail: **kanc@eksmo-sale.ru**, сайт: **www.kanc-eksmo.ru**

Полный ассортимент книг издательства «Эксмо» для оптовых покупателей:
В Санкт-Петербурге: ООО СЗКО, пр-т Обуховской Обороны, д. 84Е.
Тел. (812) 365-46-03/04.
В Нижнем Новгороде: Филиал ООО «Торговый Дом «Эксмо» в Нижнем Новгороде,
ул. Маршала Воронова, д. 3. Тел. (8312) 72-36-70.
В Ростове-на-Дону: Филиал ООО «Издательство «Эксмо» в г. Ростове-на-Дону,
пр-т Стачки, 243 «А». Тел. +7 (863) 305-09-12/13/14.
В Самаре: ООО «РДЦ-Самара», пр-т Кирова, д. 75/1, литера «Е». Тел. (846) 269-66-70.
В Екатеринбурге: ООО «РДЦ-Екатеринбург», ул. Прибалтийская, д. 24а.
Тел. +7 (343) 272-72-01/02/03/04/05/06/07/08.
В Новосибирске: ООО «РДЦ-Новосибирск», Комбинатский пер., д. 3.
Тел. +7 (383) 289-91-42. E-mail: **eksmo-nsk@yandex.ru**
В Киеве: ООО «РДЦ Эксмо-Украина», Московский пр-т, д. 6.
Тел./факс: (044) 498-15-70/71.
В Донецке: ул. Артема, д. 160. Тел. +38 (062) 381-81-05.
В Харькове: ул. Гвардейцев Железнодорожников, д. 8.
Тел. +38 (057) 724-11-56.
Во Львове: ул. Бузкова, д. 2. Тел. +38 (032) 245-01-71.
Интернет-магазин: www.knigka.ua. Тел. +38 (044) 228-78-24.
В Казахстане: ТОО «РДЦ-Алматы», ул. Домбровского, д. 3а.
Тел./факс (727) 251-59-90/91. RDC-Almaty@eksmo.kz

Полный ассортимент продукции издательства «Эксмо»
можно приобрести в магазинах «Новый книжный» и «Читай-город».
Телефон единой справочной: 8 (800) 444-8-444.
Звонок по России бесплатный.

В Санкт-Петербурге в сети магазинов «Буквоед»:
«Парк культуры и чтения», Невский пр-т, д. 46. Тел. (812) 601-0-601
www.bookvoed.ru

Интернет-магазин ООО «Издательство «Эксмо»
www.fiction.eksmo.ru
Розничная продажа книг с доставкой по всему миру.
Тел.: +7 (495) 745-89-14 . E-mail: **imarket@eksmo-sale.ru**